风华人间

FENGHUA RENJIAN

杨美连诗集

杨美连 著

长江出版传媒 | 崇文书局

图书在版编目（CIP）数据

风华·人间 ：杨美连诗集 / 杨美连著 .
—武汉 ：崇文书局，2019.10
ISBN 978-7-5403-5533-3

Ⅰ. ①风…
Ⅱ. ①杨…
Ⅲ. ①诗集－中国－当代
Ⅳ. ① I227

中国版本图书馆 CIP 数据核字（2019）第 119515 号

风华·人间：杨美连诗集

责任编辑　陶永跃　李艳丽
出版发行　长江出版传媒 | 崇文书局
地　　址　武汉市雄楚大街 268 号 C 座 11 层
电　　话　（027）87680797　邮政编码　430070
印　　刷　湖北恒泰印务有限公司
开　　本　700mm×1000mm　1/32
印　　张　3.5
字　　数　10 千
版　　次　2019 年 10 月第 1 版
印　　次　2019 年 10 月第 1 次印刷
定　　价　22.80 元

（如发现印装质量问题，影响阅读，请与承印厂调换）

风华·人间

——杨美连诗集

自序

我来到这世上，一定是为了些什么。

有时，我很狂妄，以为整个世界都能够被踩在脚下；有时，我很卑微，觉得自己不过是一粒风尘中的尘埃，无足轻重。

我在春天里叹息，我在秋风中哀伤，我带着微笑和眼泪深深地看着人间。我还想把我的文字表达给这个世界——欢乐、悲伤，你，还有我。

和你一样，我亦是茫茫人世中无依的孩子，也会为理想而意气，而哭泣。

和你一样，我亦是风尘仆仆远行的游子，也在通往光明的路上跌跌撞撞。

和你一样，我亦是怀着一颗不灭的爱的心对人世充满了渴望。

一切，在许多个夜晚，它们流向了笔端，涌出美的文字，要努力在人间绽出一片美丽送给你。

愿我孤独中的爱与痛，笑与泪，浸在每一个字里的真与诚，温暖你、抚慰你。

我知道，真正契合的精神定会如期相遇，所以，你必是在某个角落里等着我吧？

你听到了吗？我在说：谢谢与你相遇，我很欢喜。

目录

咏史怀古

凡·高

抒怀言志

托物写心

梅花

落花

断肠花

月华

叙事怀人

思乡

忆旧

闺思幽绪

咏史怀古

息夫人

息夫人二首

一

容华非懈怠，到处皆残花。
无言对楚王，空思想国家。

二

容华不自主，无那作宫人。
自从承恩泽，脉脉楚王前。

西施

倾城

若耶林花落，苎罗春日斜。
但有倾城业，只今谁浣纱！

西施三首

一

多病去浣纱，一旦倾人国。
只怕病西子，因为伤心多。

二

兵甲战不胜，筹划去倾国。
多病越女心，吴王怕怜得。

三

不能埋没了，江边浣纱才。
贫贱众女笑，等待倾国时。

苏秦

苏秦二首

一

世事金与钱，难得人娇情。
不达苏季子，到底还是穷。

二

大嫂倨傲时，二年还失意。
因为季子穷，归来不能对。
滔滔原有才，快去说当世！

范雎

范雎二首

一

绨袍情恋恋，报答九世心。

只因故人赠，必须忍辱身！

二

只因不爱才，范叔绨袍值。

运乖自贫贱，发愤摧折时。

交情

范叔平生才，值换一绨袍。

何况情不及，故人为旧交。

张禄

绨袍赠张禄，一贫寒如此。
却不知青云，先生能自致！

侯嬴

侯嬴二首

一

市屠执辔时，非常抱关志。
以送公子行，北向宛转死。

二

翩翩魏公子，执辔大梁市。
临行何以赠？抱关为君死。

韩信

贫士之嗟

贫贱无相交，大言人可怜。

漂母惜韩才，许诺犹艰难！

韩信六首

一

枕剑抚壮心，望极天下白。

犹能一饭否？漂母今日来。

二

当时正落魄，一饭因漂母。

不知是韩才，勉力请告诉。

三

提剑人不是，真怯淮阴儿。

恐惧不知名，辜负平生才。

四

提剑淮阴市，垂钓漂母旁。

当时谁相信，才能作假王？

五

志气不输人，要指点将军。

今朝必须忍，胯下看王孙。

六

大困淮阴市，多谢漂母饭。

当时被欺凌，委曲众人看。

非常有才能，几时不贫贱！

自勉

王孙愁一饭，漂母所以来。

不达沉沦否？看君应有才。

报恩二首

一

漂母非常人，望见识韩才。

一饭恩未报，近来风尘时。

二

委曲快发愤，要报漂母恩。

当时淮阴贱，才能可惜君！

司马相如、卓文君

司马相如琴挑卓文君

未有涤器才，焉得当垆景？

风流空往来，琴声独有情。

卓文君二首

一

许身为长卿，明日应当垆。

只要君有意，弃置金与玉。

二

金粉催年华，不胜当垆时。

旦暮怀长卿，弃绝雁书来。

夜奔相如

文君因爱悦，相如登朱门。

富家轻小子，今夜须出奔。

李广

李广二首

一

但是今将军，可能不教行。

何况旧将军，夜直到霸陵？

二

平原夜归来，身世强应人。

霸陵亭尉醉，能止故将军。

阿娇

阿娇

阿娇永巷空啼色，长成金屋容易筑。

毕竟风华谁是主，一朝失势恨曾入。

长门怨

长门宫月玉衣霜，芙蓉绣色未熏香。

落花翻飞婆娑舞，举袂亭亭骡不扬。

班婕妤

班婕妤二首

一

妩媚何容易，平常人能毁。
班子不告诉，须是更下泪！

二

自卑深宫里，不会望颜色。
汉家赵飞燕，才是倾城客！

王昭君

昭君十五首

一

明君好颜色，不及黄金贵。
休遂众女意，莫负伶俜泪。
风华岂能摧，大胆出关塞！

二

衔泪委曲尽，非常宫才人。
自负皎洁色，出处不论金。

三

入宫蛾眉妒，算错缺黄金。
喧喧薄子笑，厌厌绝代人。
值为出风尘，持此皎洁心。

四

出尘如何是，形容已图画。

秋天玉钩斜，望月翻泪下！

五

长眉今已画，刻意图不成。

多早见关使，宁去也倾城！

六

蛾眉空娇好，虽然请画图。

绝世要出尘，岂知须恸哭！

七

自倚颜色好，不肯费黄金。

当时为图画，准备出塞人。

八

昨日画图罢，才人倚何处？

花落蝴蝶飞，草青莓苔绿。

容华无消息，要是青春去。

九

原为不容华，翻出绝代人。

明朝去关塞，休要泪沾巾！

十

当时只自负，丹青输与人。
都知毛延寿，画图要黄金。
所以去关塞，流传识红颜。

十一

只知教图画，哪知要黄金？
因为原无钱，可能怨红颜。

十二

毛延寿画好，果然不能胜。
深可惜蛾眉，前途今自请。

十三

仔细匀妆红泪晕，狼藉插鬓黄花残。
明朝若来关外使，如何告诉去和藩？

十四

伤时反复画眉深，着力颜色拟胜人。
休笑贫贱黄金少，绸缪一别出风尘。

十五

才人自有蛾眉妒，还请毛延寿图画。
秀色不必不得意，出尘绝世长风沙。

独爱昭君

大胆宁选色？我独爱昭君。

只因黄金少，才成绝代人。

毛延寿

毛延寿

最能毛延寿，委曲了红颜。

微命请辞日，应悔要黄金。

谢道韫

谢道韫

谁家小女儿，一句倾天下？

只是比杨花，容易得愁煞。

花木兰

花木兰

蛾眉亦不弱，真能报效死。

莫道巾帼少，一二千古事。

徐妃

徐妃三首

一

恩宠来不及，仓促见君王。

临幸哪敢怠？犹画半面妆。

二

因为陈旧人，难得入宫门。

半面施红妆，刻意答君恩。

三

君能眇天下，堪看半面妆。

从今莫怨怪，荣华太匆忙！

陈后主

怀古

怨望制宫词，不久作隋家。

因为江山改，一曲后庭花。

武则天

武则天

今日蛾眉客，非常霸业心。

休道才人少，红颜不胜君！

杨贵妃

马嵬

红颜能误国，所以不是事。

可怜倾城色，因为蛾眉死。

杨贵妃

最是她妩媚，容华称第一。

君恩非不缺，疾建华清池。

崔徽

崔徽二首

一

卷中蛾眉好，红颜胜几分。
一旦人不及，请以死遗君。

二

婵娟画新成，绸缪在其中。
形容将赠君，销铄直为卿。

凡·高

凡·高传

清光天上赊，岁华人间去。

故国薄远辞，壮志晚未遇。

君书不忍读，一日三反复。

凡·高五首

一

十年人间世，尽赊得才华。

不负原来心，沉埋葬葵花。

二

知君今枯槁，为著太阳花。

才情人间妒，毕竟得风华。

三

悲君埋此地，太阳花正繁。
才华倾人世，衰谢弃春天。
图画对斜日，挥泪向平原。
身后不知名，能不恨残年？

四

无钱正穷愁，埋花已葬君。
春天揾衰泪，他乡借酒金。
青云攀折断，白日用功深。
想见当时恨，所以弃人间。

五

葵花看伤心，流传君已死。
总是风华晚，萧条在当时。

读《凡·高传》

感君生平事，读罢欲恸哭。

去国褴褛衣，弃世风尘书。

一片金麦田，葵花埋尔躯。

狂痴为人间，落寞伤心否？

抒怀言志

望月

凭栏惆怅恨月生，自怜身世自伤情。
当年骚客标格在，哀怨身后不知名。

伤怀三首

一

青春近如何，不敢看花开。
回头向夜哭，数问天妒才。
一生坎坷事，宁为写诗来？
愿假文章力，君泪葬我回。

二

休矜咏絮才，不是谢家儿。
风尘若得尽，因为杨花来。

三

去去复何去？烂漫免为家。

随意风尘泪，殷勤嗟岁华。

不堪黄金柳，陌上更飞花！

知命

坎坷人世伤世才，也曾泪眼问花开。

昨日伤心思量遍，之乎者也命矣哉！

意气

无端悲自起，事往不可回。

剩将冲霄意，白日坐花矶。

独坐伤怀

粲粲春天坐樱花，皎皎颜色忽涕泪。
生已三十风尘下，死去何时心事在？
萧条不堪昨夜雨，无依莫向栏杆倚。

日暮感怀

浊荡黄浦水，落日更沉沦。
有客闾里来，为觅千黄金。
黄金壮意气，白屋知艰难。
笑问何南下，弃之北上春？
想见烟花飞，梅子雨时天。
读书二十载，心比天上云。

夜深哭大江，洒泪向江心。
泪尽望明月，奈何桂影深！
昨日粮已尽，明朝无一文。
局促都中路，终得寄朱门。
一月三千三，一床叹寒贫。
床亦非我有，东家我乡亲。
来往风悲室，一室住十人。
泱泱富事业，萧萧弊衣襟。
嗟嗟弹铗客，未遇平原君。
寄食将一载，谓言我任真。
任真难合俗，投笔谢谆谆！
由来浮俗薄，裘弊欺苏秦。
发愤日夜继，誓欲锦衣还。
暂时人不遇，犹有背负薪。
惆怅照水影，憔悴失朱颜。
朱颜哪能久，盛色能几年？
莫叹长相思，韩才饭无钱。
米尽欲过海，求禄学夤缘。

却苦无余资，怎买渡江船？
萧条天茫茫，梧桐叶纷纷。
幸赖有阿妹，资我去江南。
行行八月阑，聊取一科员。
谁知吏事烦，怪癖被谗言！
蛾眉众女妒，贝锦苍蝇喧。
更被小人忌，还为折腰难。
郁郁世间路，迟迟丹心悬。
悲伤常回首，看珠泪成圆。
世事不得意，乃知吾前愆。
红尘非我事，明月情依然。
从此理章句，朗读太白篇。
今日穷居下，终当据骚坛。
无那井中泥，何时出埃尘！

遗言

每唤青山山不来，镇日红尘残花飞。
他年泪尽埋香骨，烦君葬我落红滋。

永夜书怀

休矜尔词华，今为一贱客。
萧索嫌人事，羞涩愧风月。
无聊病加减，有才人落拓。
若非定得意，何必更寂寞！

永夜遣郁

无钱只有才，淮阴市难过。
毕竟登前程，从来多坎坷。
休作儿女态，笑笑风尘月。

黄昏

风尘君不问，几遍泪成痕？
黄昏自可怜，应是无关人。

身世伤怀

荒谬大不死，来买人间名。
菡萏金风歇，荷花春天生。
往事往已矣，莫慢月清明。

遣郁

人间有风尘，肮脏去京华。
奈何非凡才，今在横门下？
身世虚对月，黄花空着色。
泪随落日斜，早晚袪愁杀。

自伤

一旦弃人间，埋没无女儿。

含泪太阳日，得尽凄凉才。

春夜伤感

凄凉平生事，昨夜想为情。

却怕繁华后，满把哭落英。

独坐伤身世

芦花身世自伤心，可怜秋天可怜春。

人间错误青莲色，不管谪去被风尘。

春夜伤怀

我有咏絮才，生在白门扉。
错误铅泪红，凄凉明月辉。
提携风尘子，多余小女儿。
杨花春天末，值得带愁来。

穷二首

一

才华只自负，写诗愁换钱。
不是韩公子，漂母饭王孙。

二

金钱能役人，城中楼外楼。
看我贫且穷，桃花门前愁。

言志三首

一

天生倜傥才，独爱凄凉人。
无钱使意气，有酒销伤心。
区区庸碌辈，马卿终不贫！

二

人间意气发，卖诗抵年华。
区区金与钱，破尽得借赊。

三

埋花风尘身，咏絮名关心。
比较李易安，才华胜过人。

书愤言志

薄俗会欺人，韩生非自卑。

有才终有时，发愤作男儿。

永夜言志二首

一

才绝咏杨花，不但生谢家。

穷得风尘儿，别去落日斜。

最要人间诗，想见我容华。

二

因为杨柳花，人间来赋诗。

咏絮多少才，深夜痛哭时。

觉起言志

红颜欺不得，委曲能出尘。

多少流泪日，誓言要胜人。

自悼

埋骨春天绿，香垄落花红。

滔滔君下泪，柳花向伶俜。

今朝矜才气，人间夸平生。

倚楼

落花风斜余契阔，寒江月微到绸缪。

平生事乖哪敢恨，迢递如今独倚楼。

自负

不但人间弃，形容都损伤。
忽然才自负，描得蛾眉长。

自嗟二首

一

何必竞蛾眉，世弃擅才华。
还为杨柳花，费尽路旁嗟。

二

为着一句奇，须教肠先断。
自负倚才气，如何泪不干？

嗟才华

为擅咏絮才，平生事摧折。

近来黄柳花，慢着春风斜。

诗人

大笑忽不乐，看花惆怅发。

生事如何矣，卖诗人倾家。

贫女儿

蛾眉不可胜，光景贫女儿。

虽然道风尘，得及多少才！

才女三首

一

一句能艰难，愁翻在风尘。
绸缪繁花死，记得埋香人。

二

更瘦比黄花，犹胜咏柳絮。
后来才人死，先写断肠句。

三

少小亦流离，人生长咨嗟。
艰难不容易，长大有容华。
软红尘跋涉，朱楼尔君家。
五车载诗书，丹青能图画。
蛾眉知音者，篋笥笺桃花。
里有相思句，绿窗烟如霞。
知道黄昏后，小径明月斜。
恻恻萧萧雨，落落罗衣夹。
分别殊贵贱，金钱非借赊。
原来成错误，前途被风沙。
登楼望不见，背对泣绛纱。

夜半

衰谢凭谁问，看哭路旁人。
青春夜半后，想见落花残。

遣愁

拾花春色衰，望云落日哭。

倚楼萧条甚，写诗伤心否？

哪堪三回问，红尘多少路？

忧愁

文采相劝句，才孤风尘儿。

值怕为别离，唤君不能回。

才情

乱絮繁花春撩人，细画蛾眉添柳色。

知我才情强不是，楼阁栏杆金闺月。

告诉

忽然生意气，痴狂埋花人。

我有多才华，请告诉凡间。

夜半伤怀

寻常红泪尽，不复更伤心。

半夜中宵时，黄昏栏杆边。

容华宁摧折？风尘多才人。

书怀四首

一

平生最凄凉，七年前日事。
没钱问谁饭，如何筹生计？
徘徊步履乱，踟蹰月下泪。
半夜去江边，望见春江水。
江水何青青，幽恨何切切！
风吹江流浪，手揾泪憔悴。
出门将四月，所剩钱有几？
以为暮途穷，白日恐自弃。
月冷人难眠，思量哪得寐？
意气坎坷时，发誓要努力。
今朝腹中实，前途登哪里？
人在风尘中，书怀聊安慰。

二

遭弃应怨才，多病私自怜。

烂漫艰难心，实怪百个钱。

群小竞争食，风流惟数君。

告诉相如道，涤器不几年。

三

只要留一句，风华在人间。

落花埋香冢，销尽红虽然。

四

会死先惊世，休辜负芳华。

毕竟关心事，人间来看花。

前程二首

一

踟躅问前程，风尘还多少？
关心扫落花，何时安排了！

二

愁翻不能寐，天边一轮月。
前程常关心，人间花几多？

自问

人生在世间，居然能无钱？
身世还寂寞，故交几个人？

知道

江边失意人，将发休沉沦。

平生事非常，知道有风尘。

去年时

看花天气好，又到去年时。

红颜还在否？绸缪想相识。

身世三首

一

身世非谢女，错误白门生，

弃绝道路旁，艰难亦长成。

才华竞咏絮，死前快占名！

二

飞花就掌握，断肠咏絮天。
都将才自许，试问泪潸潸。
因为人间降，闾阎忌红颜。

三

杨花柳絮飞，谢家女儿诗。
局促白门日，偃蹇人间时。
死前快留名，容华莫先衰。

朋友

结交不在金，千载管与鲍。
洛阳小子穷，惭愧对妻嫂。
而我能何为，避尘世讥诮。
萧条门庭稀，看花满怀抱。
以为知音者，俗人都草草。

闲

尘埃身世闲，门户多明月。
年华非无事，劝花料理我。

贫士二首

一

快矣得成功，红尘有人欺。
人间贫贱时，原是非凡材。

二

君处贫贱中，有才不能矜。
庭荒下木叶，尘红早闭门。
请看尔今日，谁肯相交攀！

贫贱

欺人软红尘，泪眼青霄云。
容易去来回，难过与浮沉。
到处新交弃，应病贫贱身。

风华

思量捐金躯，生长风华质。
容貌涂丹青，红尘不便死。

红泪

妖娆寒灰尽，容华不堪忆。
相对月恸哭，红颜泪落地。

托物写心

梅花

梅花

刻苦风霜力，绰绰梅花翻。

殷勤当时谢，埋骨葬春天。

幽怨

破费人想见，原来都不是。

梅花翻飞尽，乱落春天泪。

荷花

伤荷

小小生绿水，秋色金芙蓉。

当心其中苦，攀折自伤情。

秋荷

一遍红尘生，芙蓉怨已成。

再到清秋日，不胜绝风情。

菡萏

菡萏青山涯，一钩明月斜。

金风会凋谢，寂寞争夜发。

桃花

桃花

事往香成灰，销毁桃花矣。

南楼独卧哭，春天何能极！

杨柳

望柳

十二楼高月幽幽，一渠落花点点愁。

莫问如今何消瘦，伤心不及小杨柳。

自劝

烟花楼日斜，春心柳丝尽。

及时当攀折，莫留人间恨。

杨花二首

一

才华兑铅红，端坐看春天。

满城散杨花，原来不值钱。

二

奈何杨柳花，飞来又飞去？

生长没人管，安排个归处。

柳

往事伤心寒月白，泪流红绡污铅粉。

不如攀折绾芳华，飞花多少明年恨！

柳花

春山浓扫眉，香雾疑盘发。

流传人间别，纷纷杨柳花。

不是闺中人，费尽尔容华！

柳絮

红尘得不死，怅望路旁悲。

飘摇春天尽，浩荡飞花时。

风华应占尽，罗衣沾泪回。

杨柳花

枝头杨柳花，容易赏识心。

不如更薄幸，随便付风尘！

劝杨花

去去情人家国远，红泪萧萧翻何极！

纵为浮名艰难计，杨花休放今别离。

菊花

黄金花

不肯就埋没，生长黄金花。

挣扎尘埃中，要得尽风华。

樱花

幽情

不能从此去，前山留春华。

吹落胭脂雨，要看红樱花。

落花

朝日

窗寒起朝云，泪落强倚风。

如何不回首，只伤落花红？

容华

白日看花去，见道有衰谢。

一来又一回，容华飘零色！

消息

消息容华事，深苑还多少？

满庭青春色，看花花都好。

恨花

飘忽弃身世，香毁就埋没。

爱花直有恨，无人开还落。

问花

一春都是恨，看花红成阵。

不识人间愁，飘零疾为甚！

落花

一襟身世泪，满把落花英。

何惜旦夕死，春风已留情。

落红二首

一

落红欺人甚，看花断肠时。

明年休再开，枯萎费铅泪！

二

看花哭不得，未到伤心时。

落红关春意，人间谩摧折。

飞花

勉力扫眉黛，长裾压细腰。

楼前看飞花，不会明朝老。

风尘

归来红尘中，看花不可能。

满目都凄凉，谁遣萧萧风？

寒花

坚命萧萧中，荣华自能成。

多谢风摧残，骄傲以形容。

残红

寒华忆往事，寂寞玉楼台。

残红不可爱，最在风吹时。

悼

不忍见落红，春天好去埋。

他日我应是，也葬花不回。

元旦作

未成皎洁不得死，天边不是葬君地。

偏着颜色祛人世，还留今宵去年泪。

断肠花

自伤

伤心不能问，身世红颜悲。

可爱断肠花，飘零一片飞？

月华

月夜二首

一

空虚月夜静，华轩复徘徊。
清光小池满，未拟红尘来。

二

花涴江难洗，坎坷人易悲。
空有明月好，不照风尘儿！

月光

不知人间谬，红尘所以来。
颓然倚楼望，明月光徘徊。

月

担忧黄叶老，一片芦花白。

天上月牙儿，莫照腮边泪！

问月

斟酌不敢看明月，生恐月影不清明。

自是人间流落子，何必玲珑教伶仃！

芦花

芦花关身世，每到月明时。

一顷千里白，飘摇何处飞？

叙事怀人

思乡

春夜书怀

多病伤风雨，春近怯飞花。

久无故人书，何处报生涯？

望

依依几迢迢，全是青青色。

等闲住绿云，清绝照明月。

客中书怀

春夜都无事，忧烦花千句。

萧萧还是客，光景都不负。

还乡

郡国游历遍，未成名形状。

前程听消息，小园梅已香。

还记当时否？春老要还乡。

杨花

大道起风尘，杨花扑衣裳。

前途京华远，不可怠他乡。

客愁

无钱愁生涯，有时恨夜长。

自负人间诗，谁问才子伤？

漂泊红颜泪，郁郁梅花妆。

徘徊西陵树，失落白玉觞。

前途分离别，惆怅木叶黄。

迢迢千里月，空悬在他乡。

愁

无钱去卖文，一篇多少钱？
月季花开繁，金缕衣生尘。
春天看欲尽，柳絮更扑人。
恐惧年老大，他乡一病身。

忆旧

诀别诗

三月桃花发，惆怅明月斜。
与君初相遇，八月梧桐叶。
一见似故人，倾心与君悦。
悦君君不知，同看天上月。
月落入君家，还照我楼阁。
皎皎盈秋水，浅浅蹙蛾眉。

为爱明月好，彻夜共光辉。
人意我不关，希君莫相违。
从今两相知，一生长依依。
桂花黄灿灿，桂叶青离离。
微笑云眷眷，叹息露霏霏。
恻恻他乡夜，潇潇泪满衣。
环顾栏杆旁，摇摇落花飞。
明月哪能久，君意岂可期？
传闻杜秋娘，歌作金缕衣。
秋来君自去，衡阳雁已归。
又值桂花落，桂花树已非。
临别与君语，分手向歧路：
从此天一涯，往事无相负。
行矣九万风，愿君登前途！
一片明月心，分付流年去。

初相遇

小桥烟雨青，红楼莓苔绿。
记得去年时，窈窕初相遇。

偶遇

流盼目眇眇，忽然惊不识。
问君容华色，可胜得当时？

深夜书怀

倾家卖文字，黄金散不余。
昨日交情尽，索寞一何局！

问夜

容易即伤远，今宵无恙否？
抱被想往事，春天深夜哭。

芒种

平川烈日黄金暖，沃野熏风小麦黄。

蒲艾城边重重绿，柳花渠头断续香。

小儿无赖扑蚱蜢，老汉抖擞捋衣裳。

满载斜阳歌阡陌，肩扛竹耙入酒坊。

怀亲

怀舅母二首

一

恸哭想儿时，望家傍路边。

败叶荷花塘，黄昏秋草坟。

萧萧风尘泪，皦皦太阳大。

今我流离子，君去复谁怜？

二

春天傍路哭，望家一回回。

今宵飘零泪，为君恸不知。

夜梦舅母坟

荒原秋落日，山头坟草青。

衣裳沾红尘，东流太息情。

柳花身世难，不枉占才名。

悼

怀君哭黄昏，活着在人间。

能写葬花句，自祭奠春天。

赠友

赠故人

缕衣春天破，十五年去悲。
不必谆告诉，永夜泪哭时。

赠友人三首

一

穷困交结君，哪顾旁人哂？
攀折赠杜若，韶华能不尽。

二

看花红尘内，哭春腰一肢。
惟君能不弃，遭逢寂寞时。

三

相逢红埃中，无那贫贱时。

恐惧薏苡谤，难过市井欺。

举目关心者，多谢君可惜。

忧愁

文采相劝句，才孤风尘儿。

值怕为别离，唤君不能回。

失意

借君裘已破，纵横都如何？

北归问车马，失意泪婆娑。

闺思幽绪

闺怨十二首

一

有时沉想梨花白，含香啼色忽衰谢。
去年离别今时节，如何生疏画眉切？

二

破费人想见，原来都不是。
梅花翻飞尽，乱落春天泪。

三

一片心托付，泪尽识女儿。
当初何必为，心上人描眉？

四

寂寞上高楼，一钩月浅金。

光辉照蛾眉，忍绝女儿心。

五

飘落杨花薄飞去，凭栏伤心君知否？

蛾眉对月照光辉，得愁写词人儿瘦。

六

分手南浦畔，从此不见君。

繁樱花树下，绿窗月对人。

七

红颜宁相负？誓言与君绝！

今夕不尽泪，留到中宵时。

八

不合约黄昏，如今病伤心。

当初流眄时，哪知薄幸人！

九

无端恨风华，暗损细腰肢。

愁君不得见，妩媚长成时。

十

哪料轻薄儿？冶容时被误。

不合为红颜，梦境高唐雨 。

十一

君心一朝异，相思还相弃。

早知人薄幸，容华不整理！

十二

秋天当分手，负心何言说！
描眉更殷勤，莫减春颜色。

闺情五首

一

睡觉临镜台，殷勤画眉人。
花落君去时，罗黛不关心。

二

辜负铅泪红，闺阁女儿心。
菱花一面镜，谁是画眉人？

三

梅花繁复想见君，相见何时一片心？

眉尖岁月从容去，怯问描得深不深？

四

岂料君远来，后悔未扫眉！

不敢对君望，暗惭无华色。

五

容颜可爱否？梦里相对君。

无论夜缱绻，生长女儿心。

闺思

不意今见君，草草整容仪。
入门深相望，身着浅红衣。
送出分手后，对月长叹息。

怨

忍泪低额画，尤是眉浅处。
春风花又落，问君失意否？

夜问

最近看容华，不似当初时。
昭昭婵娟子，何必更画眉！

春怀三首

一

记得凤帏约，刻意画长眉。
胭脂着不着？可怜好容仪。

二

经过碧栏杆，黄花纷纷落。
君家在何处？想寄一片月。

三

明日要见君，不敢先憔悴。
细细描蛾眉，反复着深色。
今宵绿窗人，如何饶梦寐！

问君

问君还是否，思想意中人？

昨日相见罢，意懒折花簪。

草草梳妆洗，闭门卧黄昏。

春睡

浓睡损腰肢，觉起扫蛾眉。

力怯不能胜，烟花桃李飞。

伤蝶二首

一

流盼转美目，过人处娉婷。

长裾花薄幸，罗衣草青青。

不合动有请，无端被君轻！

二

青青在中园，看华人伤蝶。
流传君薄幸，相负不相思！

蔷薇

庭前蔷薇花，深红色不如。
早非心上人，多谢君致书。

楼中人

楼上欲黄昏，楼中人正愁。
伶俜萧疏影，徘徊花睡后。
容华深可惜，遥遥直等候。
断肠相思句，想告诉应否？
一行续一行，铅泪断续流。
月华栏杆曲，菡萏纤纤手。
当初赠我时，哪料意不厚！
非常憔悴色，今宵凝眸处。

决绝

请君决绝句，告诉桥头人。
从此南与北，各自勉风尘。

经过

新画了蛾眉，身着石榴裙。

刻意经楼下，想见意中人。

容华

落花又时候，上楼暗沉沉。

容华可无事？整顿绿罗裙。

春闺

皎皎望远山，转眄流光彩。

本是容华人，愿与君相识。

登楼

枉费登高楼，望不见君家。

知人相思否？尽日砌满花。

顾盼

月静花落时，能不想往事？

一顾盼人间，婆娑儿女泪。

宫怨

长信宫前月，小小照窗户。

金风刺肌骨，永夜烧红烛。

班子执画扇，盈盈粉泪珠。

良夜

良夜阿良夜，相见复相识。
因为红颜死，许身人间时。

春暮

落花春暮人间初，多余女儿风尘香。
闾阎生长蛾眉好，闺阁无事铅泪长。
胜了谢家柳条绿，赊得南浦才子伤。
唯恐颜色东流去，往者悠悠写未央。

春闲

近日浑无事，惟有年华催。
楼下去看花，依旧狠可爱。

秋夜

雨声风飘紧，分明睡不着。

好辜负秋天，流泪到中宵。

梦魂

寻常输容华，不能让蛾眉。

无论断肠否，些个梦魂来。

高楼偶题

徘徊复徘徊，踟蹰更踟蹰。

劳劳金月亮，知人断肠否？